我看到天空的藍色很謙卑

魏鵬展

本創文學 84

我看到天空的藍色很謙卑

作　　者：魏鵬展
責任編輯：黎漢傑
出版機構：香港小說與詩協會
封面設計：Gin
內文排版：陳先英
法律顧問：陳煦堂 律師

出　　版：初文出版社有限公司
電郵：manuscriptpublish@gmail.com

印　　刷：陽光印刷製本廠

發　　行：香港聯合書刊物流有限公司
香港新界荃灣德士古道220-248號
荃灣工業中心16樓
電話：(852) 2150-2100　傳真：(852) 2407-3062

海外總經銷：貿騰發賣股份有限公司
電話：886-2-82275988　傳真：886-2-82275989
網址：www.namode.com

版　　次：2023年10月初版
國際書號：978-988-70074-5-6
定　　價：港幣88元　新臺幣320元

香港藝術發展局
Hong Kong Arts Development Council 資助
香港藝術發展局全力支持藝術表達自由，
本計劃內容並不反映本局意見。

Published and printed in Hong Kong
香港印刷及出版

目錄

香港大學單周堯教授題辭

自序——以平常心處世

魏鵬展

自從我的處女作〈直路〉於 2009 年發表在《秋螢》詩刊，我已經創作了十三年。八年前，我出版了第一本詩集《在最黑暗的地方尋找最美麗的疤》。現在重看，滿意的作品不多；有些作品重看，我還感到慚愧。這兩天，我整理了過去八年的作品，共一百首；重讀，有好幾首我覺得滿意，也有好幾首令我驚喜，我決定實行八年前的計畫，出版第二本詩集。

這十幾年過得好容易，但我還是堅持了一月一詩的創作習慣。記得初次踏足文壇，涉世未深，在創作的路上遇到了一些挫折，但我沒有放棄，而且更加領悟到謙卑的重要，懂得以平常心處世。創作人的心境很重要，要以同情與共鳴的心看世界，時刻保持善良的心，就算面對不懷好意的人，也要以同情與共鳴的心看他的所作所為，這樣的文章才動人，才好看。善良的心不能裝作，矯情飾詐，或者無病呻吟，讀者都能看得出來，感受得到。作者為人處世的態度在作品中會呈現為一種境界。讀者會通過欣賞作品，再而欣賞作者人格，最後又會欣賞作品中呈現的境界。人性有弱點，有七情六慾；過去十幾年，我時刻提醒自己要以同情與共鳴的心看世界。

我一直堅信詩不能寫得太急，需要時間讓自己慢慢積累感受，也要讓自己多看書，積學儲寶，然後寫出來的詩才有生活的質感。創作要養成習慣，而且要持之以恆，這樣才能鍛鍊自己的創作基本功。即興創作，或者偶爾才寫一兩首詩，創作的泉源很快就會乾涸。創作不只講究文字技巧，更重要的是一種心境。創作的心境可以是作家的修養，心態或激情，但年輕是創作的優勢。過了不惑之年，我感到莫大的焦慮。身體的限制、生活的壓迫、人在社會上的種種責任都令創作多了限制。我很佩服魯迅、朱自清、胡適等作家年輕時學問已經很好，可以很專注創作。我自問學問不好，要更努力看書；我也自問人生歷練不足，要多經歷感受和體驗。我認為創作是一種邊學邊做的過程。

西方不同的藝術之間可以沒有相通的原則，但我堅持文學藝術和其他藝術最好是相通，就是不要違反表達和理解的原則。藝術家越能通過藝術作品表達自己的情感，作品的藝術價值越高；讀者越能從作品產生共鳴，作品的藝術感染力也就越大。音樂是藝術之母。我創作了十三年，鋼琴也學了十幾年。有人説流行曲最能反映年輕人的想法。我每年年假時都會把過去最熱門的流行曲重聽一遍，而且仔細地讀一下每首流行曲的歌詞。我認為在音樂的氣氛下，人更容易進入創作心境。視覺藝術的意境也每每能觸動人心，可惜我從未學畫；大學時，我到藝術系上了一門課，但學得不好。音樂須要靜心聆聽，畫也要靜心觀賞。生活忙，很少欣賞畫展。好的照片也是藝術。有時看到很動人的相片，我會靜心地看很久。人們喜歡觀賞顏色鮮豔的花朵。我雖然喜歡種植，但對於花朵不太感興趣；我更喜歡欣賞綠油油的生機。有時站在月臺候車，我喜歡靜心觀賞鐵軌旁邊長得綠油油的野草；沒有一點黃葉，綠油油的，充滿了生機。我認為作家多接觸不同的藝術，可以讓自己更容易代入創作心境。

作家如果能做到「凡有井水處，皆能歌柳詞」，作品街知巷聞，廣泛流傳，就是創作最大的成就。我很珍惜每一個讀者。我認為作家不應介懷稿酬，也不要嫌棄讀者；我甚至認為作品的名氣比作家的名氣重要。現在還好，網上自媒體如臉書、博客、微信等都令作家更容易發表。我把所有作品都發表在自媒體，好讓世界各地的讀者都能讀到我的作品。

作家的胸襟很重要。有些作家怕自己的詩集沒人買，在出版詩集前就把博客上發表過的作品都刪去。我認為作家不要渴求出書能給自己賺多少錢，因為作家太介懷於金錢，本性就容易趨於庸俗，最終也會影響創作心境。作家所思所想過於庸俗，呈現在作品，所寫的作品也就無法觸動人心。有些作家喜歡拍照，不喜歡分享作品；我喜歡分享作品，不喜歡拋頭露面，因為我覺得作家應該保持一定的神祕感。有幾份報紙曾訪問我，有些還要拍影片，我拒絕了，但我了解報紙有他們的編輯原則，也只好提供側面照片，或者戴口罩的相片，因為我覺得作家不是明星，應該以文字示人。我希望讀者熟悉我的作品，而不是我的相貌。

這本詩集的書名為《我看到天空的藍色很謙卑》，其實是一首詩的標題。我用這個書名，除了因為蔚藍的天空有鳥聲是很迷人的意境，也由於這個意境可以反映我過去八年的創作心境。我越來越覺得中國人的謙卑文化很有智慧。人有劣根性，謙卑是保護自己的最好方法。李帶生校長是我的伯樂。他曾問我：「那兩個人都是作家，作家不是應該都很善良的嗎？」我沒有回答他。

八年前，我出版第一本詩集的時候就已經主張一月一詩，因為創作要持之以恒，創作的泉源才不會乾涸。過去十三年，我在最脆弱的時候仍然堅持了一月一詩。有些詩人寫了幾十首詩，就急著要出版詩集，很快就出版了很多本。我覺得詩集最好有一百首。我希望八年後能出版第三本詩集。重讀這一百首詩，我覺得自己一直在進步，但願能持續保持創新和突破。

2022年12月22日 夜

甩了半截的剪刀

剪刀壞了，把甩了的半截
插進土壤中，期待生鏽
我相信鐵質可以長出綠葉
雨下得很大，浸濕了泥土
水滿溢，浸漬在盆裏
根部腐爛，剩餘的水有臭味
我把污水澆在乾巴巴的泥土中
期待種子發芽，長葉
清晨的陽光很暖

曬在陽臺，曬在泥土
滿溢的水乾了，有新長的葉
有新長的草，綠油油的

2022年11月28日 夜

（刊於《千島日報》，印尼，2022年12月20日，第6版）

塵土黃登登的

把塑膠袋丟了
埋在土壤深處
不見天日
在深黑之處
我期待發霉，腐爛
讓乾涸的黃土
長一點綠
黃土乾涸，榨不出
一滴水

我遙望遠遠的山頭
黃登登的
我種了樹苗
乾了，枯了
我想找水源
四周黃塵滾滾

2022年10月31日 夜

（刊於《新大陸》，美國，2022年12月，193期，頁8）

臉上的疙瘩小小的

臉上長了一個疙瘩
小小的，你不敢碰
鏡子裏偷偷看
越看越大，越看越礙眼
你把視線望向別處
心裏還是不自在
你輕輕敷了胭脂
凸起的東西無法掩飾
胭脂越敷越厚
太陽底下汗流滿面
走在人群中

你想抹去胭指，但心裏
膽怯
天很黑，雨淋溼了臉
你抹乾淨臉龐
凸起的疙瘩很顯眼
走過鬧市
你沒有迴避人群的視線
屏風樓之間
你覺得狹窄的天空
藍藍的，沒有一片雲

2022年9月25日 夜

（刊於《野鳥詩刊》，中國，2-3期，2022年12月，頁27-28）

旮旯裏的一本書

小小的房子
你想放下一本書
桌面的空間不大，
你只能把書擠進旮旯裏
花瓶的水太多
滿溢，漏出來了
桌子的木板濕了，有
水漬，水滲入
木板染黑了
桌子平滑，
黑色的水漬礙眼

你拚命擦拭
油漆剝落，污漬清晰可見
你堆上不想要的東西
經年累月，塵多而厚
你丟了桌面的雜物
抽出旮旯裏的那本書
書頁深黃，字體褪色
你一再沉思，猶豫
一本書的閱讀空間與可能

2022年8月31日 夜

（刊於《嶺海潮音》，中國，2022年9月，3期，頁46）

黏滑的泥濘

天很黑
看不清前路
一道道閃電
一陣陣雷聲
雨下得很大
路很濕，很冷
你走過黏滑的泥濘
你想潔身自愛
雙腳打趔趄

你無法忍受雙腳玷污
走進溪裏
越洗越濕
雙腿冷顫
走過乾淨的平路
一步一泥濘

2022年7月31日 夜

（刊於《千島日報》，印尼，2022年9月24日，第13版）

你總喜歡換一個新地方

時間到了
你總喜歡換一個
新地方
背著一個大背囊
逗留在熟悉的機場
你曾在此睡過好幾個晚上
走進新的國度
聽聽不同的鄉音
你嘗試認識新的歷史
走進四合院
你與居民對望

雙目無神
你分不清前臺與
後臺，抑或後臺才
是前臺？
坐在海邊
白開水太淡，無味
你開了一瓶啤酒
輪船到了
時間到了
你想換一個
新地方

2022年6月27日夜
（刊於《千島日報》，印尼，2022年9月24日，第13版）

從未軟化的鋼筋

這堆斷壁頹垣
石屎黃了，鋼筋外露
海水不曾把你軟化
你想伸手摸
但你縮手
怕鋼筋太硬
怕被刺傷
你注視埋藏鋼筋的硬石
這裏曾是古戰場

有炮火的痕跡
塌了的石牆
長不出小草
你挖開廢墟旁的泥土
土壤很黃，很乾
你種了一棵小樹苗

2022年5月28日 夜

（刊於《中華日報．中華副刊》，臺灣，2022年12月6日，A8）

在公交車上

你呆在平日的車站
佇立，靜候
望向遠處的交通燈
紅燈亮了
你覺得太紅，太耀眼
太難看
不能正視
汽車駛過，行人走過
車到了
你要上車
但你猶豫

你設法回憶
站在車門沉思
有人對你大聲叫罵
你選了一個
最少人的位置
你很累，但你堅持
不要打瞌睡
到站了
你無法決定應否
下車

2022年4月30日 夜

（刊於《從容文學》，臺灣，2022年10月31期，頁71-72）

在舒適的空間喝茶

茶包　拆開
熱水沖
色淡，漸濃
有茶香
我不能注視
注視令人沉重
空間不大，不寬
不富麗
我覺察到
自身的舒適
沒有痛，沒有疲乏

杯子不能太大
為自己斟了熱茶
桌子潔淨
葉子翠綠
真實的葉子
沒有塵埃
陽臺不大
站著，可以看到遠
處的空間

2022年3月31日 下午
（刊於《作家報》，中國2022年4月1日，頁4）

檢測結果是陽性

喉嚨疼痛
有血
有臭味
你做了快速檢測
結果是陽性
你嚎啕大哭
四周寂靜無聲
你再大喊
死寂中　你聽到

獰笑，搖頭
你開始懷疑自己的判斷
把檢測結果晾在
最當眼的位置
人群走過
冷風吹拂
你聽到譏笑聲

2022年2月28日 夜

（刊於《葡萄園詩刊》，臺灣，2022年5月15日，234期，頁178）

你想脫下襪子

風狂吼，雷轟響
雨下得很大，很冷
街頭傳來哭聲
路上有水窪
襪子濕了
你想脫下襪子
但你一再自我審視
筆直的西裝
與亮麗的鞋子

走過街頭
你在交通燈前躑躅
綠燈閃爍
襪子濕了
你想脫下襪子
但你與人群對視
然後一再自我審視

2022年1月30日 下午

（刊於《臺灣現代詩》，臺灣，2022年6月15日，70期，頁41）

我佇立於地鐵閘口

綠色的菜葉
加一條紅辣椒
綠油油的菜葉
我一直無法離開
對紅豔豔的凝視
我不能專注於遠方
我的耳朵能聽
四周彷彿都有聲音
心裏的聲音
彷彿更響亮
走上了電梯
我選擇了走下電梯

佇立於
人來人往的月臺
我忘記
已經出閘了
我無法意識到
自己佇立於
閘口
一直在凝視閘口
進與出之間
我為甚麼
一再猶豫？

2019年3月30日 下午

（刊登於《越南華文文學》，越南，2019年7月，45期，頁32）

蘭花

不知何日起
食指劇痛
然後無力
然後冰冷
麻木的位置
我用刀切去腐臭
斷了的食指
若有所失
我不注視食指

我滿足於還能感受
清晨陽光的熱力
褪了色的紅紙
貼上新春聯
今年的蘭花非常好
花兒謝了
花蕾又放

2019年2月27日夜
（刊於《新大陸》，美國，2019年4月171期，頁11）

黑色的空間我只能往前走

空間全黑
閉上眼睛
可以看得更清楚
黑色的空間
我不敢伸手摸
我怕
摸不到的失落
我不敢用心聽
我怕聽到

沒有聲音的
空虛
我沒有手杖
在空無一物的
空間
我只能往前走

2018年12月23日 深夜
（刊於《新大陸》，美國，2019年2月170期，頁22）

褪了色的椅子

水流是真的
溪旁的椅子
褪了色
坐上去
椅子平滑
那些褪了色的
位置
感到若有所失

沿溪　漫步
我一直注視
注視水中的卵石
長滿青苔的
水樽旁
我不想驚動
怕人的小魚
走過橋

我聽到
水聲　遠去
我伸手摸
褪了色的位置
沒有塵埃
沒有裂紋

我凝視
椅子
我感到
坐上去
有不舒服的
錯覺

2018年9月29日　深夜

（刊於《世界日報》，菲律賓，2019年6月18日，頁23）

早餐比午餐好吃

我故意早了起床
因為早餐比午餐好吃
一塊西多士
喝一口奶茶
看著上班人
走過　匆忙
再喝一口奶茶
我發現

天空剛升起的
紅日
特別甜
特別香

2018年2月26日 夜

（刊於《新大陸》，美國，2018年4月165期，頁21）

我感覺到車窗的風在吹

玻璃很平滑
伸手摸　我覺得風在吹
我厭惡車箱的空調味
我努力尋覓
闊大的車窗
我無法發現
一絲罅隙
我凝視　又凝視
窗邊的鐵錘

我想伸手取
鐵錘的堅硬
與玻璃的碎裂
我伸手摸
平滑的玻璃
我感覺到
春天的風在吹

2017年11月26日 晚

（刊登於《大頭菜文藝月刊》，香港，2017年12月，28期，頁89）

我伸手摸沒有蜘蛛的蜘蛛網

水管水壓很大
水流不通　鐵鏽在
那封塵已久的房間
積壓
沒有蜘蛛的蜘蛛網
我伸手摸
努力重拾失去已久的
生活氣味
我在操場上漫步　漫步

我昂首　仰視
房子的牆很高　很厚
有人的氣息　才不會破爛
我在操場上漫步　漫步
靜聽那人聲的
熱鬧與生機

2017年10月29日夜

（刊登於《越南華文文學》，越南，2018年1月，39期，頁22）

我仍想喝一口可樂

身軀很疲累
嘴巴很苦
我仍想喝一口
可樂
讓嘴巴甜著

清晨的太陽不傷人
我在運動場上很認真地
跑　　　　　跑
我喘著氣
我厭惡衣服的重量

脫了衣服
我在跑道上
用力地跑
盡情地曬

我騎上單車
車輪漏了氣
我很滿足
車輪高速運行的同時
遺棄了不少鏈條的
鏽斑

2017年9月24日 夜

（刊登於《香港文學》，香港，2017年12月，396期，頁93）

我習慣近視了

我不用戴眼鏡
但在街上
我習慣近視了
我不望遠方
前面是紅綠燈
拐個彎
我走上了天橋
天橋很長
我的視線
一直注視面前五官的
陌生

我怎麼不往前看呢？
我用力望遠方
一隻麻雀飛上
燈柱
一眨眼
我的視線又在
路邊的叫賣聲
我佇立陽臺上
盡量令眼睛
看遙遠的
人群

2017年8月27日 晚上

（刊於《綏德詩匯》，中國，2017年，14期，頁99-100）

靜聽那烈日的蟬聲

喝一碗涼茶
把一個腫瘤養起來
不戳破　不割損
除膿　祛瘀　限增殖
綠蔭下
徐步　徐步
我在靜聽烈日的
蟬聲

2017年7月25日 深夜

（刊登於《燕山》，中國，2017年，15期，頁42）

忘記了的紀念品

紀念品
遺忘在最顯眼的角落
封塵
我不打算抹去塵埃
最深層次的地方可能有
原始的色澤
桌面很大
有些位置很熟悉

我摸了摸生活的痕迹
我努力凝視　尋覓
封塵已久的記憶
不能水沖
更不能擦拭
我盡量回憶
每個塵埃下面
可能的顏色和故事

2017年6月30日夜

（刊於《香港作家》，香港，2017年9月，頁66）

路很黑，很臭

拐個彎　是一個暗角
很黑　有尿臭
我不能捂著鼻子
在看不到光的環境
我要堅持清醒
路　不能看
我沿著濕臭的梯級
一步一驚心
路很濕　很臭

我不能跑
徐步　徐步
一步一驚心
在看不到光的環境
我要堅持清醒
和潔淨

2017年5月28日 下午

（刊於《香港作家》，香港，2017年9月，頁66）

我看到天空的藍色很謙卑

飛過很年輕的樹
站在很年輕的牆上
我能看到天空的藍色
很謙卑
路軌走過灰色的
小城
輕輕叮叮一聲
在天與水之間
維持最舒服的節奏

馬路很大　很長　很遠
泥不黑
路邊的樹
很多年都很年輕
窗簾拉開
我從天空的藍色
聽到很多鳥聲
飛過

2017年3月26日 傍晚

（刊於臺灣《人間福報》，臺灣，2017年7月18日，頁15）

霓虹燈黑了

霓虹燈黑了
我很認真地凝視
字形筆劃
清晰可見
吸入空氣
感受原來的味道
牆上的分針停了
從沒想到抹去電池的塵埃
汗漬黃了襯衣

繫上熟悉的領帶
傳單只發一張
在傳遞與接受之間
我未能習慣拒絕
天空顏色很黑
我怎麼會持續地仰視？

2016年7月26日 上午

（刊登於《有荷文學雜誌》，臺灣，2017年12月，26期，頁38）

門外和門內

門外是一幢大房子
仰首看
我在尋覓
屋頂
牆的厚度
不明的物料在中間
伸手摸
牆很冷

門內走進一間小房間
房間外有很多聲音

我只是不會知道
房間沒有窗
我忍耐著
不敢抽一口煙

我在房間的牆上
很認真地
畫了一幅圖
我不知道
明天會走進
哪一幢房子？

2016年6月20日 下午
（刊登於《聯合日報》，菲律賓，2016年7月5日）

我要設法修理壞了的手機

把一粒壞了的零件
抽出　包裹
放在最顯眼的地方氧化
偶爾散發難忘的味道
臉書貼文深挖
尋覓
在無底深淵中

遺失了生鏽的零件
輕吻過了期的雙脣
感受不到熟悉的溫度

2015年9月21日深夜
（刊登於《阡陌文藝雙月刊》，香港，2015年11月15日，7期，頁62）

午夜藍

在摸不到的空間裏
我偷走了一點黑色
午夜藍的天空
還有一點看不到的光
水壓很大
輕輕提手
感受不到距離
在沒有對話的海洋裏
一條鯨魚

一直在獨白
甚麼都沒有的
午夜藍的天空
我要努力採集光

2015年7月26日 夜

（刊於香港《教育現場》，香港，2015年11月23期，頁12）

如果我的笑聲是鹹的

如果我的笑聲是鹹的
那些年的巧克力
也是鹹的
我知道吃了甜的
我的牙會更痛
我還是堅持
一針一縫間
刺出血紅的花
我知道我吃了甜的

我的牙會更痛
我還是想你
張開嘴巴

2014年9月18日 晚

（刊於《新少年雙月刊》，香港，2014年10月，20期，頁38）

黑色的星星

眼前全黑
我有我的故事
如果黑色的三分鐘
無法計算
可能是永恆或者
甚麼都沒有
我跑得很慢
我不跑小腿就會跌倒
我知道用心望著

黑色的星星
我就可以牽著小手
涉過看不到的對岸

2014年7月18日 傍晚
（刊登於《秋水詩刊》，臺灣，2014年10月161期，頁120）

筆尖留痕，無色

碎玻璃磕了手
水很冰，冷水
淋溼，指尖
疼痛
原子筆墨水乾涸了
白紙上寫了字
筆尖留痕，無色
你一再嘗試書
寫，再寫

走珠滑動
筆尖留痕，無色
沒有顏色的筆跡上
你在吟誦詩句

2021年12月31日 夜

（刊於《詩殿堂》，美國，2022年4月，15期，頁101）

帶刺的玫瑰

很喜歡躑躅於年老的街道
逛逛年老的店鋪
我在感受生活的氣息
路邊有嫩綠的小草
我在尋覓
尋覓難得的蟲子
我在花店買了
帶刺的玫瑰
你小心翼翼

在杯裏養起來
枯萎了的花瓣
礙眼，但你一再注視
剪去的花瓣

2021年11月29日 夜

（刊於《臺灣詩學·吹鼓吹詩論壇》，臺灣，2022年3月，48號，頁58）

你一再大喊，但沒有回聲

圍牆裏，圍牆外
你一再大喊
一再大哭
但沒有回聲
牆是透明的
但看不見裏面，
也看到外面
你用食指觸碰
冰冷而刺痛

你注視面前的人群
但彼此視若無睹
你再次大喊
牙齦劇痛，嘴巴緊閉
你聽到耳鳴
最後是眼前
全黑

2021年10月31日 夜

（刊於《人間魚詩生活誌》，臺灣，2022年1月，第8期，頁173）

維港灣岸直了

維港灣岸直了　　水流急了
我在看海　　波濤洶湧
海鷗翱翔　天空的雲　黑壓壓
海水很黑　有死魚漂浮
小魚在啄食腐臭
很想慢慢品茶
天空的雲很黑
茶涼了

雷聲很大
茶涼了　味澀
雨水打在臉上
風吹　很冷

2021年7月31日夜

（刊於《潮州鄉音》，中國，2021年，216期，頁30）

茶涼了

在人少的地方
我找到適合自己的位置
茶涼了
很怕澀　很怕苦
為自己倒了熱茶
週末的清晨
天空特別藍
很想花點時間
欣賞雲的層次

茶涼了
為自己倒了熱茶
點心不用多
聞一聞熱茶的香
我在聆聽都市的聲音
看看遠遠街上的
人群

2021年6月30日 夜

（刊於《工人文藝》，香港，2022年2月31期，頁45）

碩大的手掌乾枯了

刮去鬍子
青春鑄成了孩子的臉
把一隻蝌蚪放進玻璃瓶
看牠浮游　長大
碩大的手掌
乾枯了
牽著小手
慢慢長大

碩大的手掌
乾枯了
放進小溪裏
蝌蚪浮潛
越游　越深

2021年5月30日傍晚

（刊於《新大陸》，美國，2021年8月，185期，頁22）

匣子裏的乳齒

掉了的乳齒
裝在匣子裏
琺瑯質不再長大
鑲一顆植體
與真實的骨骼
融合
輕輕一舔
經絡不曾貫通
閉合之間

我很難感受
空間與形體
很怕肌膚麻木
我一再尋覓生命的
痛楚

2021年3月31日 夜

（刊於《超然詩刊》，中國，2021年12月，25期，頁112）

水晶不會染塵埃

雙目俯視
能看到更遠　更寬
蒼生就在腳下
淹沒了農田的洪水
涉水而過
你看到　聽到
生命的腐臭

與脆弱
水晶不曾染塵埃
最純潔之處
你一再堅持自我

2021年2月28日 傍晚
（刊於《荷鄉文藝》，中國，2021年，98期，頁38-39）

很怕肌膚的冰冷

褪色了的春聯
撕掉後　還留下痕跡
你在痕跡上貼了新的春聯
斷了的部分鑲了鋼片
上了螺絲
經絡不通的地方
有水腫
你很怕肌膚冰冷
探手進熱水

你一再自我肯定
斷了的部分還有生命
你不想臥床
多走幾步
陽光下
斷了的部分還感到
溫暖

2021年1月31日夜

（刊於《乾坤詩刊》，臺灣，2021年3月，98期，頁82）

我佇立在馬路中央

走路疼痛
不通則痛
浸進熱水
我在感受
生命的觸感
綠燈亮了
我走在馬路中央
佇立　沉思

汽車駛過
行人走過
我只想聽
聽聽
這個城市的聲音

2020年11月29日夜
（刊於《風笛詩社．南加專頁》，美國，2021年1月8日，625期）

我在嘗試習慣

筆尖不能向上
經歷年月
斷了的墨乾涸了
魚尾紋輕輕掃上
胭脂
你曾說不愛女人
上妝

一支牙刷添上
一支牙刷
我在熟悉的空
間中　嘗試習慣

2020年10月31日 夜

（刊於《荷鄉文藝》，中國，2020年，97期，頁30）

我在感受記憶的成長

戴一個翡翠手鐲
白色的玉質長了綠
放在手心
我在感受記憶的成長
操場的角落種了樹
樹幹很粗　很大
枝幹穿過了鐵閘的刺

樹蔭下我聽到鳥聲
我聽到蟬聲
樓上孩童的讀書聲

2020年9月30日 深夜

（刊於《天馬》，中國，2020年冬，53期，頁35-36）

彎了的鑰匙

鑰匙彎了
但我仍然堅信
有一道正確的門
走到一道門前
在門前躑躅
我想插入鎖孔
但我猶豫
又到一道門
仍然堅信自己正確

在陽光下
彎了的鑰匙閃爍
我想插入鎖孔
但我看到更多
更多的門

2020年8月31日 夜

（刊於《吹鼓吹詩論壇》，臺灣，2020年12月，43號，頁127）

我只想看半小時電視

客廳不大
放一張沙發
就有坐的空間
我只想看半小時電視
在有限的空間裏
我在沉思，默想
沙發旁的綠葉
不曾染上塵埃
剪去礙眼的黃葉

窗外的陽光
曬在葉上
又曬在肌膚上
沙發不用太大
很想有坐的空間
很想看半小時電視

2020年7月29日 夜

（刊於《風笛詩社．墨爾本專頁》，美國，2020年8月14日，30期）

冰冷的玻璃門

飛進冰冷的玻璃門
一個似是而非的空間
我一再自我迷失
無法找到一棵樹
我在冰冷的空間
盤旋
向著明確的前方
飛翔，但我一再疼痛
碰壁

2020年5月31日 下午

（刊於《荷鄉文藝》，中國，2020年，97期，頁30）

沒有蟲子的鬧市

這是一個
沒有蟲子的鬧市
飛過一棵樹
站在燈柱上
一塊麵包爛了
發臭了
小鳥在啄食
腐臭

2020年4月30日 下午

（刊於《新大陸》，美國，2020年10月，180期，頁25）

坐在木板上的釘

木板上的釘
尖銳而不曾收藏
小心翼翼避開
鋒利的釘尖
我坐在板上
風吹，身軀搖晃
設法避開釘尖
我明知
已安坐在其上

雨下了
濕了的釘尖
不曾有鏽斑
我在靜候
雨後天空
可能的彩虹

2020年3月31日 夜

（刊於《新大陸》，美國，2020年8月，179期，頁3）

路邊樹上的巢

飛過石屎、燈柱
在一棵沒有蟲子的
樹上，找個
不顯眼的位置
築了巢
巢很小
風吹，會搖動
雨下了
濕透，令人很冷

園裏的樹落了葉
叼在巢裏
可以取暖
人來人往的路上
有一棵樹
樹上有鳥聲

2020年2月29日 傍晚

（刊登於《荷鄉文藝》，中國，2020年，95期，頁39-40）

遮醜板

走在板前
無法遮光
光禿禿的腳
風吹過
很冷
走在板後
伸手舉物
轉身

心很痛
凝視遮醜板
褪了色的油漆
酸溜溜的

2020年1月31日 深夜

（刊於《新大陸》，美國，2020年4月，177期，頁16）

沒有聲音的對話可能更善解人意

輪子滾過，很迷人
我在注視
彷彿，四周有些聲音
沒有聲音的對話
在我看來更善解人意
雙眼不曾與人直視
平行的視線
我在努力尋覓距離
很怕看不到規律

整齊劃一的重複
可以慢慢加上圖案
微妙的變異
小步子，小步子
大手握小手
我一再摸索
可能的規律

2019年11月30日 深夜

（刊於《新大陸》，美國，2020年2月，176期，頁9）

我在靜聽秒針的聲音

甚麼都沒有的空間
掛上一個時鐘
秒針的移動
在這個靜止的空間裏
看來是一種活力
四周無聲
我在靜聽秒針的聲音
我在凝視分針
分針一直在移動

適當的時刻
鐘聲響起
甚麼都沒有的空間
我在靜聽
寂靜中
秒針的聲音

2019年10月27日 夜

（刊於《新大陸》，美國，2019年12月，175期，頁11）

葉修剪得太整齊有點難看

園裏的花
葉修剪得太整齊
我總是覺得難看
我喜歡石屎罅隙的草
綠油油的
我不忍摘去
新長的葉，嫩嫩的
很喜歡草的香
葉上偶爾有蟲子
我在注視
注視蟲子的蠕動

坐在褪了色的木椅
我在看
看那平常不怎麼看的藍天
我一直在自我提醒：
路邊的小草
很綠，要慢慢地看
我遙望高架橋
橋很高，橋墩很粗
枯了又綠的藤蔓
我覺得很美

2019年8月30日 下午

（刊登於《荷鄉文藝》，中國，2020年，95期，頁39-40）

狗臂架

一隻黑黢黢的烏鴉
站在
一個懸掛在高空
的狗臂架
從不同角度看
都令人無法
迴避
對鐵架的注視
雨水
酸溜溜的
淋濕
被鏽跡埋藏的螺絲

冷熱之間
被風吹
雨又濕了
鐵架上的烏鴉
遙望
街上的人群
從不同角度看
都令人無法
忘記
高空的壓力
與焦慮

2019年7月31日晚

（刊登於《大頭菜文藝月刊》，香港，2019年9月，49期，頁85）

我一再尋覓玫瑰的刺

玫瑰沒有刺
總令人若有所失
紅豔豔的色澤
帶點令人痛的
錯覺
尖銳的黑刺
看來很硬
適當的距離
伸手摸

我無法占有
舒適的位置
裝進花瓶
加了水
天天換水
我渴求
生命的持續
我直視
尋覓

不曾存在的　　我一再
根　　尋覓
我看不到　　令人痛的
嫩芽　　錯覺
輕輕一捻

2019年6月29日 夜

（刊於《新大陸》，美國，2019年8月173期，頁24）

我的小房子

嫩綠的莖
長了新的葉
輕輕觸摸
我摸不到一點
塵埃
放在書桌的
一角
天天澆水
屋裏就有

舒適的感覺
這房子
小小的
牆沒有色澤
灰暗的石灰
氧化了
我嗅到
老練的味道
房子的

一角
我滿足於
能容下一張
書桌
牆很厚
厚厚的牆外
風很大
雨在下

雷聲很響
這房子
小小的
我天天給綠葉
澆水
我陶醉於
綠葉
真實的翠綠

2019年5月29日 夜

（刊於《香港作家》，香港，2019年6月，頁52）

把一個迴紋針掉進水族箱裏

綠葉帶點黃
總讓人有不安的情緒
把一個迴紋針
掉進水族箱
看它生鏽，溶化
水裏的綠色
蔓延　生長
掩飾了礙眼的黃葉
迴紋針落在

不顯眼的位置
腐化
沙石深處
幼苗扎根，成長
我知道嫩綠的
新葉有鐵質
的堅韌

2019年1月27日 傍晚
（刊於美國《新大陸》，美國，2019年4月，171期，頁11）

生鏽了的鋼筋

這是一條
生鏽了的鋼筋
水泥黃了
偶爾　雨水
酸溜溜的
滲入
石牆有
罅隙
我在傷痕纍纍的

牆上　貼上
美麗的牆紙
自欺欺人地
以為
鋼筋不痛

2018年10月28日 夜

（刊於香港《小說與詩》，香港，2019年7月，24期，頁1）

我知道努力可以把字寫好

端坐　提筆
挺胸　正視
小手雖無力
錯了　擦去
又重寫
我知道
努力
可以把字寫好
手指不夠長

可以補位
不怕誤音
只要一試
再試
耳中的旋律
就是
心中的節拍

2018年8月29日夜

（刊於《工人文藝》，香港，2019年第2季，20期，頁33）

彎曲了的戒指

金戒指已彎曲
變形
紋理間，有污漬
經歷苦辣
夾雜甜酸
或者浸染於
莫名其妙的味道
戴在無名指
偶爾指腹微痛

輕輕一抹
我還能看到
名字的清晰
名字旁
還有年月日

2018年7月28日 下午
（刊於《澳門筆滙》，澳門，2018年9月，66期，頁51）

這是我的小陽臺

陽臺不大
裝些泥　可以種花
花謝了，還有綠葉
為小房子的一角
加點綠色
眼睛累了
我想看看綠色
遠處的綠　太遠
伸手捻一捻

是真實的紋理
探頭一嗅
有葉的香
這裏的泥不深
加點肥
按時澆水
我知道你會
長大

2018年6月30日 下午

（刊登於《大頭菜文藝月刊》，香港，2018年8月，36期，頁101）

矗立於萬綠叢中的死樹

山上的樹
很綠
挺拔　粗壯
綠色的邊際
我無法
感受生機
枝椏已枯
褐色於綠葉中
特別礙眼
枯了的葉
已化為泥土

這是已死的樹幹
為何還要堅持
矗立於萬綠叢中？
走過無人的小徑
荊棘因缺乏人氣
而茂盛
走出荒蕪
在城市中
我漫步於
街道的人煙

2018年4月29日 夜
（刊於《教師起動》，香港，2018年7月，頁30）

我知道這樣可以身體健康

扎根於地
泥土的最深之處
盡量吸收水分
站在最舒適的位置
曝曬於太陽的和煦
我知道這樣可以
身體健康
可以醒的時候
我要挺起胸膛

只要有光
我就要看
看看我城的
美麗

2018年3月30日 傍晚
（刊登於《大頭菜文藝月刊》，香港，2018年4月，32期，頁87）

我在平滑的玻璃上寫詩

平滑的玻璃上
我寫了詩
玻璃很滑
雨水濕過
字會褪色
墨化了
我再填上
寫了
我擦去

又再寫
不知何年
何月
我伸手摸
玻璃的裂紋
有血色的痛

2017年12月26日 下午
（刊於《世界日報》，菲律賓，2018年6月26日，頁26）

站在天橋上抽煙

一隻鷹
飛越摩天大廈的
玻璃
努力尋覓
可以站立的
空間

我在天橋上
凝望
無法辨識

人群的五官
街上　商店
都是幾種裝潢的
重複
點燃了煙
閉上眼睛
輕輕呼出一口煙
我在努力忘記都市的
聲音和氣味

2017 年 4 月 30 日　傍晚

（刊於《有荷文學雜誌》，臺灣，2017 年 6 月 20 日，頁 40）

海很深，我摸到了我的詩集

這個海
很藍
我把衣服
脫了
在最顯眼的地方
裸泳
我不想高歌
把一首詩
扔進

大海裏
水很清
水有看不到的
魚
海很深
撳一撳鍵盤
我摸到了
我的詩集

2017年2月28日 晚上

（刊登於《新華文學》，新加坡，2017年7月，87期，頁201）

我在格子裏小心翼翼

我的手指在
刀口最鋒利的位置
撫摸
我只專注於
輕輕抹去
刀上的污漬
格子很小

在飛機上
單腳跳　雙腳跳
在邊界內
小心翼翼

2016年12月27日 下午
（刊於《千島日報》，印尼，2017年2月16日，頁7）

把杯子放在最邊緣的位置

很喜歡
把杯子放在最邊緣的位置
從不同的角度看
有光線的折射和
破碎的幻聽
黑色的背景特別迷人
那些刺眼的顏色
光線太亮
就無法發現

時針轉了一圈
還是在那個位置
在同一個時間位置
我在創造和破壞

2016年10月30日 中午

（刊登於《乾坤詩刊》，臺灣，2017年夏，82期，頁65）

我彷彿聽到熟悉的呼喚

圖案越用心看
越難看到規律的邊際
踏在圖案中心
天花板的燈
照不亮曲線的陰影
我一再嘗試
迴避聆聽
內心的聲音
我不敢凝望
旁邊熟悉的陌生人

麻木的五官
拒絕聆聽
似曾出現的呼喚
吸一口煙
我感覺不到煙的香
我努力尋覓
彩色曲線的出口
紅色紫色黃色交疊
我彷彿聽到
熟悉的呼喚

2016年9月25日 下午
（刊登於《吹鼓吹詩論壇》，臺灣，2017年3月，28期，頁154）

我無法解讀閉路電視的故事

天空很亮
怎麼天花板的燈
還一直發光？
走進頭等車廂
我在追求
都市的無聲與空間
在同一條街上走
我改變了習慣
佇立電動扶梯

我被很多人擦肩
趕過
閉路電視的畫面
無法解讀
顏色背後的故事

2016年8月27日 晚

（刊登於《綏德詩匯》，中國，2016年，2期，頁103）

舒服

我在感受
發現　身體
每一個細胞
都沒有疲累
放下胭脂
最顯眼的五官
有樸素的真實
顏色是真的
不避陽光

制服　穿上
本能地欣賞
身體舒服的性感
徐步　在街上走
清晨的巴士站頂
有麻雀的聲音

2016年5月24日 下午
（刊登於《工人文藝》，香港，2017年，11期，頁30）

不要為我唱驪歌

不要為我唱驪歌
如果荊棘會令人痛
我渴求
永不剝落的刺
站在最亮的位置
聆聽喝倒彩的成就
不要為我鼓掌
如果火會令人痛
我願意跑到

最黑暗的中央
打一場球賽的威脅
不要為我唱驪歌
靜心聆聽
吶喊中的痛罵聲

2016年4月24日 深夜

（刊於《世界日報》，菲律賓，2016年7月9日，頁13）

涼茶

我知道吃了甜的
就吃不了苦
還是希望多一些蜜餞
天空的顏色很藍
很想睜開乾涸的眼睛
走過不怕人的鴿子
馬達聲的馬路
留心聽
路邊樹上有鳥的聲音

熒幕的光很刺眼
放下手機
喝下涼茶
我一直渴求
蜜餞

2016年3月21日 夜

（刊登於《汶河》，中國，2016年，1期，頁98）

很想聽聽孩子的哭聲

身軀失去了感覺
很想聽聽孩子的哭聲
下班的皮囊很沉重
回家路上的步伐很輕快
這是一個晴朗的天空
雷聲的交疊
令人聽不到路邊的麻雀
維港的燈飾太耀眼
綠燈裏的紅燈

紅燈裏的綠燈
我迷失了
原來的顏色
慢慢喝一杯咖啡
關掉音樂
我一直在想像
孩子的哭聲

2016年1月20日 下午

（刊登於《教協報》，香港，2016年2月，654期，頁4）

巴黎

這個地方不再流血多好
河水的藍色
流過歌劇院的芭蕾舞
歌女的樂聲熟透了葡萄園
摘一串葡萄
鐵塔上
喝一杯紅酒

石橋上靜聽歷史的馬蹄聲
這個地方不再流血多好
平滑的玻璃
我不敢凝視破裂的血漬

2015年11月22日 夜

（刊登於《越東寮周報》，美國，2015年11月27日，頁10）

領帶

繫一條最習慣的領帶
平滑的地方留一點
堅韌的鬚根
避開無力的痛
提起龍躉
高的位置看不到自我
我何必一再堅持
疲乏的時候
勃起

2015年10月24日 深夜

（刊登於臺灣《野薑花詩集》，臺灣，2015年12月，15期，頁182）

田

不要籬笆
門口的空間就大了
玫瑰不用剪刺
送你一枝玫瑰
黑色的刺
有血色的表白

種一枝梅花
在空無一物的空間
尋覓惟一的紅
這裏沒有籬笆
美麗的東西都可以種

2015年6月28日 下午

（刊於《淮風》，中國，2015年7月，103期，頁73）

散步

升降機門一開
看到的就只是終點
我站在電梯不動
商店的顏色不同了
我不想在天橋上走
很喜歡雜貨店的醬油味
慢慢走過市場
我聽到蝦跳出水的聲音

叫賣聲很嘈雜　很熟悉
輕輕從竹籮裏抽起一根菜
菜葉的味道很清晰

2015年5月9日 晚
（刊於《華文現代詩》，臺灣，2015年8月，6期，頁86）

在最小的空間裏吸一口煙

溜到最小的空間裏
偷偷吸一口煙
感覺到麻木的身軀
還有點痛
不論黑夜　還是白晝
天花板上的一排燈
都是那麼刺眼
輕輕抹去玻璃上的一粒塵
恢復整齊劃一的乏味

坐在最髒的位置
偷偷吸一口煙
拉水沖走
都市的疲乏

2015年4月19日 下午
（刊於《美西僑報》，美國，2015年5月8日，頁5）

我在天臺上一直走

我坐在天臺上
視線一直尋找最舒適的位置
我未走過鋼線
但我知道最安全的
最遠的一點
我看不到平地
在最高的位置一直走
一直走
一直走

2015年3月23日 夜

（刊於《有荷》，臺灣，2015年6月，14期，頁43）

臉書

我知道對著牛彈琴
搖一搖尾巴
得不到打機的喜悅
布娃娃丟在地上
行人踩過
我按了惟一的讚
嘴巴都已生鏽了
畫一畫屏幕

都市的嘈雜變成無聲
無聲的空室的大叫
沒有回音
跑過清晨的公園
陌路人揮一揮手
我發現路邊的柳樹
有綠葉的氣味

2015年2月22日 深夜

（刊登於《香港詩人》，香港，2015年4月，8期，頁2）

射燈的熱力令人很痛

我不是舞者
射燈的熱力令人很痛
我赤腳在沙石上跑
沙石很尖
血色的路沒有盡頭
格子很小
格子上爬來爬去
專注於高低抑揚

我知你一直在聽
抹去口紅　脫下最愛的華服
在最少光的地方彈奏一曲

2015年1月18日　上午

（刊於《野薑花詩集》，臺灣，2015年3月12期，頁189）

早安

輕輕地說一聲
早安
我才發現
早上的太陽很暖
圓桌不論多遠
喝一杯
普洱茶
忘了都市的嘈雜
最近的天氣冷了

不敢多說一句話
很想輕輕地說聲
早安
我會再發現
早上的太陽很暖

2014年11月23日 夜

（刊於《新大陸》，美國，2015年2月146期，頁12）

錯誤

空調滴水的時間容量
在同一個路口
傾斜的影子遠遠地
守著
偶爾的移動間
落在一雙錯誤的鞋上
肉丸是不能吃的美味
蘑菇給沉默加了一個
新話題

在同一個路口
傾斜的影子遠遠地
望著
在同一條路上
消失了大小影子的交接

2014年8月27日 中午
（刊登於《乾坤詩刊》，臺灣，2014年冬，72期，頁74）

很想摘下頭上的安全帽

聽到有時比看到更誘惑
輕輕按一按 iphone
不知道西冷肉眼的味道
捉迷藏很迷人
拐個彎
分辨不出存在與消失
句子不必太長
聽一聽

就有擁有的錯覺
我知道重複會令人反感
很想摘下
頭上的安全帽

2014年6月21日 夜

（刊於《工人文藝》，香港，2014年10月，3期，頁21）

雨滴在鮮花上

雲很黑，冷風吹來
燭光微弱而晃動
純白的鮮花還有花香
天空下了微雨
雨水很冰，打濕了臉
很痛
遠遠天空的吶喊聲
很年輕，很熟悉

你想伸手放下鮮花
但你一再猶豫和恐懼
雨滴在鮮花上
分不清是雨，還是淚

2021年8月31日夜

（刊於《葡萄園詩刊》，臺灣，2021年11月15日，232期，頁155）

咳藥水

食指中指在脖子上
撫摸　移動
輕輕一按
令人恐懼的腫塊
不痛　也不癢
喝下一瓶咳藥水
雙手顫抖

在痛苦的邊緣
你渴求
欺騙自我的
快感

2021年4月26日 夜

（刊於《新大陸》，美國，2021年6月，184期，頁25）

紅綠燈破了

紅綠燈破了，黑了
只剩下急速的聲音
我凝望燈面裂痕
天空的雲很黑
冰冷的雨打濕了燈面
不遠的街頭傳來一聲
年輕的吶喊
這個城市在哭

綠燈不曾亮起
但我聽到綠燈的聲音
我佇立在路旁
過馬路不過
我在迷失

2020年6月28日 夜

（刊於《幾江詩刊》，中國，2020年，59期，頁93）

吹泡泡

泡泡有形無形
伸手摸，破了
我一再吹泡泡
又一再伸手摸
我在追

我在跳
一直伸手摸
空無一物的空間
我慶幸還能
伸手摸

2019年12月31日 夜
（刊登於《荷鄉文藝》，中國，2020年，95期，頁39-40）

我知道這樣我會快樂

捻起一粒
紅色的小藥丸
舔了舔
吞了
舌尖
還有苦的味道
我不介意
我知道這樣
我會快樂

我已不能再喝
白開水
把可樂匆匆喝下
牙齦劇痛
我不介意
我很珍惜
難得的
甜

2018年5月27日 夜

（刊登於《聯合日報》，菲律濱，2018年9月21日，頁19）

我把鐵籠罩在身上

把鐵籠罩在身上
渴望滿足不曾擁有的
安全感
鐵籠太冷
我輕輕撫摸
我感覺到
手的溫暖無法通過
鐵網
我也無法感受

鐵網外的溫度
我不習慣太冷
伸手摸
鐵還是
很冷　很硬
我張開口
吻
我覺得嘴巴
很冷　很痛

我一直沒有
閉嘴
我感覺到
慢慢回暖的鐵網
有血的腥味

2018年1月28日 夜

（刊於《園區報》，雲南，2018年5月30日，201期，頁4）

鎖

心的鎖
很重　生了鏽
我脫了褲子
在人最多的街上
裸走
我不想跑
桃花紅彤彤的
我找到了
真實的枯葉

2017年1月28日 年初一上午
（刊於《新大陸》，美國，2017年4月，159期，頁18）

腿

愛　令人很痛
我要一把最鋒利的刀
我偏要在
你說最性感的
最美的腿上
用刀劃上
最醜的名字

2016年11月30日　晚上

（刊於《新大陸》，美國，2017年2月，158期，頁17）

洗碗

女人的手不能粗糙
水花濺起
肥皂泡在燈光下
我看見你們都在笑
再沖一沖水
有幾個碗
我摸到生活的裂紋
女人的手不能粗糙

今早噴出的口氣很暖
刺冷的水
沖一沖手指頭的裂紋
很想看看
孩子笑著時的小酒窩

2016年2月22日 下午
（刊登於《汶河》，中國，2016年，1期，頁98）

伊甸園

我預計跑過玻璃路的
血漬
我還是堅持不美麗的
伊甸園
離家是大逆不道

鐵屋裏吶喊
我只聽到自己刺耳的回聲
刺青迷人的劇痛
令我看不到
每一寸醜陋的自卑

2015年12月21日 夜

（刊登於《月亮詩刊》，中國，2016年，9期，頁54）

在舒適的環境中搜集刀片

你習慣搜集刀片
在刀鋒的位置
尋覓完美中的瑕疵
你不願丟進不遠的垃圾箱
在舒適的環境中留下
不安的關注
彩色的畫紙貼上刀片
貼上刀片

再貼上刀片
構圖不必美麗
最順眼的位置放上
圖釘
釘尖的痕迹是
血色
在舒適的環境中留下
惶恐的關注

2015年8月16日 下午

（刊於《錫山文藝》，新加坡，2015年12月，44期，頁95）

我想我是你的影子

我想我是你的影子
我可以與你黏在一起
你愛高跟鞋很美
我讓你站著
不痛
你愛無聲時寫詩

我願偷看你的初稿
我不用休息
晚上沒有光
我在看不見的地方
凝視你

2014年12月28日 傍晚
（刊於《蒲公英》，中國，2015年，2期，頁116）

創作信念

作為創作人，我以同情與共鳴的心看世界，希望作品能增進人與人之間心靈的感通。我認為創作人應以同情與共鳴的心看世界，才能深入感受人與人之間的情脈和事物的神韻，也只有以同情與共鳴的心去創作，作品才能感動人心，令讀者共鳴，也就是作者與讀者通過作品而有心靈上的感通。人與人多一點感通、共鳴和同情，矛盾和衝突也就沒有了，這又是文學的社會作用，也是我創作文學的中心思想。

我希望將唐詩的意境、神韻帶到新詩中，把人的情脈、都市景物的神髓形象化，又能寫出人與人之間的深情，以表達深刻的主題，從而引起讀者共鳴，此之謂中學為體；形式和技巧取法於西方文學技巧，希望藉著創新的形式和技巧，能為主題和風格帶來突破，使作品有想像空間和耐人尋味，從而表現含蓄蘊藉的風格；我認同現代派的文學觀，反對使用成語、熟語等高度凝煉的詞語，強調新詞、新句、新思維，甚至寫出現代情懷，也學習他們勇於創新和突破的寫作態度，此之謂西學為用。